AF246783

L'ART

DE

GOUVERNER LES FEMMES

COMÉDIE PROVERBE EN UN ACTE,

Par Adolphe POUJOL,

MEMBRE DE LA SOCIÉTÉ DES AUTEURS DRAMATIQUES.

PERSONNAGES :

GUSTAVE.   CLARA DAUBRAY.
FRÉDÉRIC.   ROSINE, femme de chambre.

Un salon.

GUSTAVE, ROSINE.

ROSINE.

Madame Daubray est chez la baronne de Gerville, elle sera bientôt de retour.

GUSTAVE.

Je l'attendrai... (*Rosine sort.*)

GUSTAVE, *seul.*

Cette baronne me déplaît... Clara devrait être plus empressée de me revoir... après la contrainte que nous a fait éprouver hier la présence de Frédéric...
contre lui !...

GUSTAVE, FRÉDÉRIC.

FRÉDÉRIC.

Tu ne comprends pas pourquoi je viens rendre une nouvelle visite à madame Daubray ?,

GUSTAVE, *avec humeur*.

Est-ce donc pour troubler de nouveau un tête à tête ?

FRÉDÉRIC.

Tu l'as deviné, et j'agis dans ton intérêt.

GUSTAVE.

Oh ! par exemple...

FRÉDÉRIC.

Plusieurs fois, je suis arrivé quand vous étiez seuls, et j'ai observé sur le visage de madame Daubray une certaine expression peu en rapport avec votre mariage projeté.

GUSTAVE.

Comment, tu as fait cette remarque ?...

FRÉDÉRIC.

C'est que j'ai de l'expérience, triste avantage pour moi, mais que j'emploie au service de mes amis... Hier, j'ai donc prolongé ma visite, contre ma coutume, pour ranimer un amour qui me paraît un peu froid du côté de la charmante veuve..... En effet, quand elle a pensé que je resterais, sa physionomie s'est animée, et même ses yeux ont fini par te dire bien des choses.

GUSTAVE.

Tu es un habile observateur.

FRÉDÉRIC.

Si quelque obstacle vous empêchait de vous trouver seuls, je répondrais presque de votre constance.

GUSTAVE.

Un tel sacrifice n'est pas nécessaire pour nous aimer.

FRÉDÉRIC.

Tu es sincère, toi...; mais tu peux servir de jouet à la coquetterie de madame Daubray.

GUSTAVE.

Clara n'est pas coquette.

FRÉDÉRIC.

Tu t'abuses... D'ailleurs toutes les femmes le sont, plus ou moins, depuis la plus honnête jusqu'à la moins sévère; toutes possèdent cet amour de la toilette qui prouve leur désir incessant de plaire ; il faut savoir résister aux séductions de ces comédiennes du monde qui essayent de tous les costumes pour faire ressortir leurs moindres charmes et jeter le trouble dans nos sens ; toi, mon pauvre ami, tu as un grand défaut : c'est de montrer trop d'amour. Les phrases ronflantes, les serments, sont de rigueur lorsqu'une liaison commence ; mais, si les fadaises se prolongent indéfiniment, on perd tout le charme de son esprit aux yeux de celle qu'on voudrait fasciner; l'intrigue ne marche pas, et la comédie sans dénoûment devient ennuyeuse au suprême degré ; l'amour ne peut rester dans le *statu quo* ; c'est une flamme qu'il faut alimenter pour ne pas la laisser éteindre.

GUSTAVE.

On donne de nouvelles preuves de sa passion.

FRÉDÉRIC.

Tu as les idées arriérées d'un homme primitif. Quoique tu joues le rôle d'un chevalier de la triste figure, as-tu décidé ton idole à convoler avec toi en secondes noces?

GUSTAVE.

Elle trouve sans cesse des prétextes pour différer notre mariage.

FRÉDÉRIC.

Tu vois que les grandes passions ne sont pas appréciées.

GUSTAVE.

C'est injuste.

FRÉDÉRIC.

Tu n'as pas la prétention de réformer les injustices et les contre-sens dont se compose la société; il faut apprendre à tirer parti de ses ridicules... C'est surtout le chapitre de l'amour qui offre le plus de nuances et de contradictions; un des deux sexes doit dominer; c'est le plus malin qui s'empare du premier rôle.

GUSTAVE.

Sois mon conseiller.

FRÉDÉRIC.

Adresse-toi à l'esprit de contradiction, l'esprit le plus commun à l'homme et qui est inné chez la femme depuis Ève; il faut user de détours avec ce sexe qui nous oppose la beauté unie à la malice, et dont la faiblesse apparente ne sert qu'à mieux cacher la puissance... Témoigne d'abord de la froideur pour donner du stimulant.

GUSTAVE.

Lui témoigner de la froideur lorsque mon cœur est brûlant !

FRÉDÉRIC.

Cœur brûlant!... Quelle expression burlesque ! Tu es vraiment incorrigible... Inspire alors de l'inquiétude à madame Daubray ; si elle pense qu'une autre femme s'occupe de toi, elle t'appréciera davantage : la crainte de perdre un bien en augmente la valeur.

GUSTAVE.

Je sens par moi-même qu'une alternative de craintes et d'espérances accroît mon amour.

FRÉDÉRIC.

Il faut que tu aies donné de l'espoir à cette rivale.

GUSTAVE.

Elle ne me pardonnerait pas une infidélité.

FRÉDÉRIC.

Au contraire..., ce sont les hommes à bonnes fortunes qui obtiennent le plus de succès. Les femmes mettent une sorte de gloire à s'enlever les unes aux autres ces mortels privilégiés..., toujours par esprit de contradiction.

GUSTAVE.

Puis-je parler à Clara d'une autre femme?

FRÉDÉRIC.

La moindre bagatelle t'embarrasse..... On fa-

brique une lettre, et on fait en sorte qu'on la voie...
J'en ai justement une dans mon portefeuille qui m'est
adressée, elle remplira à merveille notre but.

GUSTAVE.

Tu reçois encore de pareilles lettres ?... C'est un bil-
let doux.

FRÉDÉRIC.

Eh ! pourquoi pas ?... Que m'importe le ridicule, si
je me trouve heureux !... Bien différent de toi, mes
pensées ne se sont jamais concentrées sur une seule
femme..., j'aurais craint de tourner au lunatique...,
c'est l'amour seul que j'ai toujours aimé... Revenons
à ma lettre. (*Tirant une lettre de son portefeuille.*)
Écoute : « Ma fierté devrait m'empêcher de vous
« écrire, car vos visites deviennent de plus en plus
« rares ; je quitte Paris après-demain, il dépend de
« vous que je reste.   STÉPHANIE. »

GUSTAVE.

Un tel mensonge... j'éprouve des scrupules.

FRÉDÉRIC.

En a-t-elle pour différer ton bonheur ? Je te donne
l'unique moyen de retenir une femme dont la situa-
tion est brillante.

GUSTAVE.

Ce n'est pas sa fortune que je considère.

FRÉDÉRIC.

Une femme riche mérite d'être aimée aussi bien
qu'une autre, et même plus. Songe que la charmante
veuve est liée avec la baronne, chez qui elle ne man-
que pas de trouver des adorateurs.

GUSTAVE.

Oui, elle est entourée de séductions... Cette pensée me détermine à tout risquer.

FRÉDÉRIC.

Dis plutôt à devenir le maître. (*Lui donnant la lettre.*) Prends ce papier, tu seras témoin de l'émotion de madame Daubray... Montre de l'adresse et du sang-froid... Je reviendrai savoir le résultat de mes conseils. (*Il sort.*)

GUSTAVE *seul, avec la lettre à la main.*

Je ne suis qu'un écolier en comparaison de lui... Maintenant qu'il est parti, mon courage m'abandonne... Si elle me témoigne de la tendresse, ma résolution faiblira... La voici.

GUSTAVE, CLARA, *en châle et en chapeau.*

CLARA.

Vous m'attendiez, Gustave?...

GUSTAVE.

Il me tardait de vous revoir, Clara, après la soirée d'hier... et j'ose me flatter que vous partagiez mon impatience.

CLARA, *à part.*

Il ne faut pas donner trop d'amour-propre aux hommes. (*Haut.*) La société a des exigences auxquelles on est forcé de se soumettre.

GUSTAVE.

Et dont l'amour doit s'affranchir.

CLARA.

Une femme s'expose au ridicule, et c'est pour ce motif que je vous demande la permission de retourner chez la baronne, qui m'offre une place dans sa loge.

GUSTAVE.

Vous m'aviez promis cette soirée. (*A part.*) J'aurai le courage d'agir.

CLARA.

Je craignais de désobliger la baronne en refusant son invitation.

GUSTAVE, *à part.*

Elle me sacrifie au monde...

CLARA.

Je ne puis me dispenser de voir la pièce en vogue.

CUSTAVE.

Une pièce qui n'est qu'un salmigondis et un amphigouri renfermant les situations les plus absurdes.

CLARA.

Elle est bien écrite, dit-on.

GUSTAVE.

Toujours le style pour déguiser les plates conceptions d'aujourd'hui, feu follet qui ne jette qu'une lueur passagère lorsque la forme est sans fond, bel habit qui recouvre un squelette.

CLARA.

On croirait que vous êtes envieux... Ce ton d'acrimonie ne vous est pas naturel, il cache une pensée qui vous tourmente.

GUSTAVE, *à part.*

Elle ne devine donc pas que c'est son indifférence?...

CLARA.

Demain, je vous attends; vous viendrez me confier votre chagrin.

GUSTAVE, *à part.*

Mettons à profit la leçon de Frédéric. (*Haut.*) Je ne vous promets pas de venir demain soir.

CLARA.

Que dites-vous?... c'est la première fois que vous manqueriez l'occasion de vous trouver avec moi.

GUSTAVE, *à part.*

L'esprit de contradiction se fait déjà voir.

CLARA.

Je comptais sur vous.

GUSTAVE, *à part.*

Elle était trop certaine de me retrouver.

CLARA.

Vous avez sans doute une affaire importante?

GUSTAVE, *regardant la lettre qu'il a conservée à la main.*

Je suis embarrassé, je l'avoue.

CLARA.

Gustave, ne puis-je vous donner des conseils?

GUSTAVE.

Je n'oserais pas vous en demander.

CLARA.

Vous excitez ma curiosité... La lettre que vous te-
nez renferme votre secret... J'ai quelque droit de le
connaître. (*Lui prenant vivement la lettre des
mains.*) Je veux voir cette lettre...

GUSTAVE, *qui n'a pas fait de résistance.*

C'est une surprise!... (*A part.*) Le sort en est
jeté...

CLARA, *après avoir lu.*

Que viens-je de lire?... signé: Stéphanie... Vous ne
pouviez pas me communiquer cetie lettre, je le comprends... Eh bien, parlez... j'attends votre justifica-
tion...

GUSTAVE, *à part.*

Elle ne songe plus au théâtre... (*Haut.*) Ne voyez-
vous pas que la société de Stéphanie n'a plus de
charme pour moi ?

CLARA.

Cette lettre que vous conserviez devant moi prouve
l'agitation de votre esprit... Vous aviez l'intention de
vous rendre chez elle...

GUSTAVE, *à part.*

Elle ne soupçonne rien. (*Haut.*) C'était pour vous
imiter... chacun de son côté...

CLARA.

Je ne voulais pas revoir un rival.

GUSTAVE.

La baronne reçoit beaucoup de monde... On voudrait vous enlever à ma tendresse.

CLARA.

C'est alors le dépit qui vous a inspiré une résolution que votre cœur désapprouvait... Vous m'accusiez de coquetterie, d'indifférence... (*Sonnant.*) Vous n'aurez plus de prétexte pour renouer une ancienne liaison. (*Elle ôte son châle et son chapeau. A Rosine qui entre.*) Allez dire à la baronne qu'une indisposition subite me retient chez moi... (*Rosine sort.*)

GUSTAVE, *à part.*

Frédéric est un grand maître.

CLARA.

J'oublierai le passé si l'avenir m'appartient.

GUSTAVE.

Notre mariage dépend de vous.

CLARA.

Bientôt je vous sacrifierai ma liberté, que je regarde comme le bien le plus précieux.

GUSTAVE, *à part.*

Elle ne fixe pas une époque... (*Haut.*) Je ne serai jamais un tyran, je vous le jure.

CLARA.

Vous ne craignez pas de promettre, messieurs ; mais, une fois maîtres de notre destinée, vous oubliez bien vite vos serments, et vous-même, un jour, reverrez-vous peut-être celle qui vous a écrit... Une telle pensée me rend méfiante.

GUSTAVE, *à part.*

Donnons-lui toutes les garanties ;... je suis certain

de son amour. (*Haut.*) Clara, je ne veux pas que vous conserviez le moindre doute sur ma fidélité, car malgré vous, vous songeriez à cette lettre... Apprenez qu'elle ne m'est pas adressée...

CLARA.

Pourquoi nier l'évidence ? (*Lui donnant la lettre.*) Je vous la rends, à condition que vous la déchirerez devant moi.

GUSTAVE.

Je n'en ai pas le droit,... elle appartient à Frédéric.

CLARA.

Je ne devine pas quel était votre but.

GUSTAVE.

Je voulais vous faire comprendre les tourments de la jalousie... Frédéric prétend qu'un amour sans inquiétude devient languissant... J'étais d'abord loin de partager son opinion ;... mais vous conviendrez, chère Clara, qu'il avait raison.

CLARA.

Détrompez-vous, monsieur ; votre ami, qui prétend si bien connaître le caractère des femmes, vous a donné un mauvais conseil... Quand je pense à quel jeu ridicule et cruel vous avez voulu jouer avec moi,... ma fierté se révolte, et mon cœur est profondément blessé... La faiblesse de votre caractère m'enlève toute garantie pour l'avenir, et la raison m'ordonne de rompre des liens qui causeraient notre malheur à tous deux. (*Se disposant à sortir et à part.*) S'il me retient, je serai inexorable.

GUSTAVE.

Clara, écoutez-moi, je vous en supplie...

CLARA, *rentrant dans sa chambre.*

Adieu, pour toujours !

GUSTAVE, *seul.*

Qu'ai-je dit?... Et moi qui croyais avoir acquis de nouveaux droits à sa tendresse!...

GUSTAVE, FRÉDÉRIC.

FRÉDÉRIC.

Eh bien, ma lettre?

GUSTAVE.

a d'abord produit l'effet que tu en attendais, car elle avait refusé l'invitation de la baronne, et même avait parlé de notre mariage.

FRÉDÉRIC.

Tout allait pour le mieux... Tu as commis quelque imprudence...

GUSTAVE.

Pour lui enlever toute méfiance, je lui ai révélé notre plan... Alors, elle m'a interdit sa présence.

FRÉDÉRIC.

Je désespère de toi... Tu as détruit tout mon ouvrage.

GUSTAVE.

Elle aurait dû me savoir gré de ma franchise.

FRÉDÉRIC.

De la franchise en amour, qui ne se compose que de faussetés... Une inquiétude vague et permanente donne du stimulant. Il faut bien se garder aussi de prouver à une femme qu'on la surpasse en ruse... Le talent, c'est de dominer sans faire sentir le joug.

GUSTAVE.

J'aime Clara plus que jamais.

FRÉDÉRIC.

Parce que tu penses qu'elle est perdue pour toi.

GUSTAVE.

Comment réparer ma faute ? Je vais lui écrire une lettre pour implorer mon pardon.

FRÉDÉRIC.

Ce serait couronner l'œuvre, elle te mépriserait... Si elle t'aime, elle te pardonnera un mensonge innocent;... mais si c'est une femme sans amour, elle ne mérite pas le moindre regret... (*Bas.*) J'entends du bruit dans sa chambre... Elle se doute que tu n'es pas parti et veut s'en assurer... Laisse-moi gagner la partie d'honneur... (*S'approchant de la chambre et parlant haut.*) Oui, mon cher Gustave, quitte cette maison au plus vite.

GUSTAVE, *bas.*

Je n'ai pas la force de partir.

FRÉDÉRIC, *bas.*

Fais semblant, du moins, pour être rappelé. (*Haut et s'approchant encore plus de la chambre.*) Tu oublieras une femme dont le cœur est froid, et qui ne considérait en toi qu'un esclave au lieu d'un époux...

LES MÊMES, CLARA, *sortant précipitamment de sa chambre.*

CLARA.

Monsieur Frédéric, je viens d'entendre vos dernières paroles, et je sais sous quelles couleurs vous me dépeignez... Mais Gustave ne doit pas partager votre opinion... Pour lui prouver que ce n'est pas sur une femme frivole et sans cœur qu'il a fixé son choix, je suis prête à lui donner ma main.

FRÉDÉRIC, *bas à Gustave.*

Par esprit de contradiction.

GUSTAVE.

Chère Clara ! vous ne m'abusez pas?...

FRÉDÉRIC, *bas à Gustave.*

Ne laisse pas encore éclater ta joie. (*Haut.*) Le mariage demande de longues et graves réflexions.

CLARA.

Plus on réfléchit et moins on se décide... Quant à vous qui paraissez vouloir mettre obstacle à notre union, vous ne refuserez pas de nous accompagner chez mon notaire pour signer au contrat de votre ami. (*Remettant son châle et son chapeau.*) J'observe, vous le voyez, les maximes de l'Évangile.

FRÉDÉRIC.

En pardonnant à vos ennemis.... (*A part.*) Encore par opposition.

CLARA.

Partons.

GUSTAVE, *donnant le bras à Clara.*

Rien ne manquera désormais à mon bonheur...

FRÉDÉRIC, *bas à Gustave, en le suivant.*

Si tu mets toujours à profit ce proverbe : « **A bon chat, bon rat.** »

LIBRAIRIE THÉÁTRALE, rue de Grammont, 14

PROVERBES ET COMÉDIES DE SALON

Par Adolphe POUJOL

Un volume format anglais renfermant les proverbes suivants :

LE DÉMON DE L'ARGENT.	LES SUITES D'UN BON DÉJEUNER.
LE SECRET DU BONHEUR.	QUAND ON A UNE FILLE A MARIER.
CE QUE FEMME VEUT.	UN INTÉRIEUR DE MÉNAGE.
L'OUVRIER ET LA GRANDE DAME.	LE DOCTEUR MOMUS.
	TIMIDE EN AMOUR.

Ces proverbes représentés dans les salons de Paris et dans les salles de concert, comme intermèdes, ont l'avantage d'être courts et de ne renfermer qu'un petit nombre de personnages ; ils n'ont pas de mise en scène compliquée et peuvent se jouer sans décors.

PRIX 2 FR. 50

Paris. — Imprimerie de W. REMQUET et Cie, rue Garancière, 5.